蟲蟲生態小故事

蝴蝶的日記

我是優秀舞蹈家

劉丙鈞 / 著
劉玉峰 / 繪

新雅文化事業有限公司
www.sunya.com.hk

我叫朵朵，爸爸和媽媽說我像花朵一樣美麗。

破蛹而出，我是不是變得更美了？

我不明白為什麼這個叫「蝴蝶結」。

噓！不要告訴枯葉蝶我藏在哪兒。這回我贏定啦！

小瓢蟲想和我一樣，有一雙美麗的翅膀，於是……

6月1日

老師說：「要想成為一隻優秀的蝴蝶，就要從了解自己開始。」

我想成為一隻優秀
的蝴蝶。

5

我出生時是這樣子的！
這時候，我叫卵。

我提提你，請不要一提到卵，就想到雞蛋什麼的。

　　然後我變了毛毛蟲。我記得那
時候的我就是不斷地吃吃吃，每天
吃掉好多葉子。

　　肥肥胖胖的毛毛蟲，是一個真
正的大胃王！

我愛美，好想變美，我開始偷偷減肥啦！

我躲到葉子上、樹枝下，用幾條絲把自己吊起來，靜靜地練功。

這是一種非常非常
有效的蝴蝶瑜伽，是蝴
蝶家族祖傳的秘密喲！

11

6 月 30 日

　　毛毛蟲練成蛹，再繼續練，便成功了。從蛹裏鑽出來，就是我現在的樣子啦！

　　這叫什麼？講個有學問的詞語，叫「羽化成蝶」。

　　我是不是挺有學問？

7 月 8 日

　　我每天都會去拜訪我的
親戚。
　　我很喜歡枯葉蝶，他簡直
就是一個魔術師。

14

但我不喜歡和他玩捉迷藏，因為我總是輸！

15

7 月 10 日

　　我不敢靠近孔雀蛺蝶。他翅膀上的斑紋，像瞪得大大的眼睛，讓人覺得他很兇惡。

　　其實，他很温柔。

當我聞到臭臭的氣味時，我就知道是誰來了。

紫斑蝶不是不講衛生，臭味是他的秘密武器！要是有誰不懷好意，動什麼壞心眼，他會熏得你頭暈眼昏！

有一隻長得跟我差不多的「蝴蝶」來找我。他說他是我的親戚。

我挺高興，因為
我認識了一個從沒被
老師提及過的伙伴。

　　我很高興地帶他去拜訪老師。
　　老師一眼就看出他不是什麼蝴蝶，他
是一隻蛾！

原來他是假冒的！
好沒面子呀！

鳥

螳螂

蜘蛛

青蛙

7 月 22 日

老師宣布：「今天上自然科學課。大家來認識我們的天敵，蜘蛛、螳螂、青蛙，還有鳥。」他們一隻比一隻兇猛！

兩隻蟬趴在樹上看我學習跳舞，他
們不斷地叫着：「可笑可笑！」
我很生氣，也有點洩氣。

老師鼓勵我，好多伙伴陪着我練習。我越練越好，越練越有信心。

有位名人說過，不想當舞蹈家的蝴蝶，不是好蝴蝶！

哪位講的？我咯！

7月25日

下雨了，蜻蜓哥哥和蜜蜂弟弟都跑回家了，
我在小雨中開心地跳舞！

你問我為什麼不怕雨？你看我翅膀上細小的
鱗片，像不像穿了一件漂亮的雨衣？

可……可是……雨下大了，
「雨衣」也受不了！

　　小瓢蟲在打瞌睡，我悄悄飛過去，拍了他一下，小瓢蟲嚇了一跳。

　　小瓢蟲假裝生氣，嘟着嘴說道：「你『走』路怎麼會沒有聲音呀！」

蜜蜂、蒼蠅、蚊子飛起來
都有聲音，但我飛起來，一點
聲音也沒有。

大家都說我是一架靜音飛
機。

7 月 28 日

　　老師會帶我們去旅行，要去很遠很遠的地方。老師說，讀萬卷書，行萬里路，才能成為一隻優秀的蝴蝶！

　　我會把一路上好看的風景、有趣的事情，告訴你們的！

　　和朋友分享，是一種快樂！

在我們的家族裏，每位成員都與眾不同。

這時候的我並不是只知道吃喲！

兒童節晚會上，
我跳了一隻舞，
你猜怎麼樣？

我有一個超級
支持者，每晚
都在回家的路
上等我。

夢想STEAM職業系列

一套4冊

從故事學習 STEAM，
我也要成為科技數理專才！

本系列一套4冊，介紹了科學家、工程師、數學家和編程員四個STEAM職業。把温馨的故事，優美的插圖，日常的數理科技知識巧妙地融合在一起，潛移默化地讓孩子了解STEAM各相關職業的特點和重要性，並藉此培養他們正面的價值觀和協作、解難技能，將來貢獻社會！

了解 4 種 STEAM職業：

我是未來科學家
學習多觀察、多驗證

我是未來工程師
學習多想像、多改良

我是未來數學家
學習多思考、多求真

我是未來編程員
學習多創新、多嘗試

圖書特色：

溫馨故事配合簡易圖解，
鼓勵孩子**多觀察身邊的事物**，
多求證解難，引發孩子的**好奇心**

講述著名科學家、工程師、數學家和編程員的事跡，
讓孩子了解STEAM職業
的特點和重要性

書末提供如何成為各種STEAM專才的建議，
引導孩子思考，培養數理科技思維，
為投身理想STEAM職業踏出第一步！

一起來跟**科學家、工程師、數學家**和
編程員學習，培養嚴謹的科學精神、慎
密的頭腦、靈活的思維，從求知、求真、
求變中，為人類的福祉和文明作出貢獻！

科技**數理**融入生活，
知識融入**故事**。
一起進入 STEAM 世界！

定價：$68/ 冊；$272/ 套

三聯書店、中華書局、商務印書館、
一本 My Book One (www.mybookone.com.hk) 及各大書店均有發售！

蟲蟲生態小故事
蝴蝶的日記
——我是優秀舞蹈家

作　　者：劉丙鈞
繪　　圖：劉玉峰
責任編輯：楊明慧
美術設計：張思婷
出　　版：新雅文化事業有限公司
　　　　　香港英皇道499號北角工業大廈18樓
　　　　　電話：(852) 2138 7998
　　　　　傳真：(852) 2597 4003
　　　　　網址：http://www.sunya.com.hk
　　　　　電郵：marketing@sunya.com.hk
發　　行：香港聯合書刊物流有限公司
　　　　　香港荃灣德士古道220-248號荃灣工業中心16樓
　　　　　電話：(852) 2150 2100
　　　　　傳真：(852) 2407 3062
　　　　　電郵：info@suplogistics.com.hk
印　　刷：中華商務彩色印刷有限公司
　　　　　香港新界大埔汀麗路36號
版　　次：二〇二二年二月初版

ISBN: 978-962-08-7930-2

原書名：《我的日記：蝴蝶的日記》
文字版權©劉丙鈞
圖片版權©劉玉峰
由中國少年兒童新聞出版總社有限公司2016年在中國首次出版
所有權利保留